珊瑚

Spiritual fantasy

Destiny love

Parallel world

Tears

Smile

ハガマユミ

文芸社

目次

プロローグ　7
珊瑚の原点　9
悲しい別れ　11
心の扉　15
うつ病　19
結婚と高齢育児　23
弟　32
父の遺産　37
第2の遺産　44

また病気？　50
またまた病気？　56
家　出　61
消えた家族　91
恋から愛に　97
再　会　114

珊瑚

プロローグ

２０１９年、早いもので正月を迎えたと思ったら、
あっという間に４月も終わりに近づいてきた。
来年は東京オリンピックが予定されている。
消費税が10パーセントに上がる。
私のささやかな楽しみのタバコも値上がり、
やめられないから減煙してがまんしている。
一般市民を殺す気か？
平成が終わって令和になった。
なんでもいいわ、どうせ薬でぼんやりした私の頭では覚えきれない。

私らの生活苦が変わるわけじゃないし……と思ってた。
私は珊瑚。
1967年生まれ、今年52歳になる。
11歳の息子悠斗さんと、
優しくて時に頑固な旦那さんと、
トイプードルのぷうちゃんの
3人と1匹の家族である。
海外ドラマと映画が大好きで、精神年齢が実年齢に追いつかない、
空想癖と更年期障害と、うつ病保持の専業主婦である。

珊瑚の原点

もの心ついた時には私は親のいない子供達と暮らしていた。

赤ちゃんの時から施設に預けられていたのだが、よく熱を出す私は他の子にうつらないように、ベッドが5、6個だけで他に何もない小屋によく隔離されていた。

元々そういう感情があるということを知らないのだから、寂しいとかそういうことを感じることもなかったし思ってもいなかった。

小学生になって初めて、人には皆、お父さんやお母さんがいるのだということに気づいた。

施設の先生に、「私のお父さんとお母さんは?」と尋ねたら、「死んだ」って教えられた。

でも、時々お菓子を持ってきてくれる、おじさんが私に会いに来ていた。

私はただボーっと、ホントにボーっと生きてたからこそ、生きてこられたのだと思う。

流されるままにただボーっと……。

6年生の時に初めて、お箸を持つのが右手でお茶碗を持つのが左手だと知った。

それくらいおバカだった。

勉強もしないでただボーっと生きてただけの私が入れる高校は、名前が書ければ入れる偏差値レベルが県内で1番下の高校しかなかった。

その頃にはボーっとを卒業してた。

考えるということを知り、周りを見渡せるくらいの知恵もつき始め、勘だけはよかったので、なんとか生きる術を学んでいった。

悲しい別れ

高校の頃、ほぼ男子校状態だった学校での私は凄くモテた。

3年の時のクラスメートで、私の前の席にいた石本君は私を好いてくれていた。

大学を卒業して地元に帰ってきて、また連絡をくれるようになって、根気よく私を口説いてくれていた。

だんだんと石本君のことを受け入れられるようになった。

誕生日にはバラの花束をくれたり京都に連れてってくれたり、いっぱいデートをした。写真をめっちゃ撮られて、本当に変わらずに好きでいてくれるという絶対的安心感があって、私の心は満たされていた。

ただ一人、無償の愛を捧げてくれた人。

愛されることの喜びを初めて教えてくれた人。

ただ優しいとか、私のことを思って何かをしてくれるとか、プレゼントをくれるとか、そういうことだけじゃなく、ただただ感じるのだ。

でも彼は不安だったのだ。

放っておくと連絡もしない私に業を煮やしたのだろう、とうとう別れようと言われて、私は返事ができなくて無言で立ちすくむだけ。別れたくないの一言すら思い浮かばず、引き止めることができなかった。

私は愛し方を知らなかった。

私は子供の頃から愛されて育ったわけじゃなかったから、恋はしたけど愛し方を学んでいなかった。

そして石本君は事故で死んでしまった。

嘘だったらいいのにって思って、顔をグシャグシャにしながら泣いた。

棺には私の写真も入れられた。

あれから30年以上たった今も時折思う。

生きて幸せでいてほしかったと……。


それからこんなことがあった。

職場に来るお客さんで、いつも感じのいいひろふみさんという大好きな漁師さんがいたが、ある日、船から落ちて亡くなった。

私は心からお悔やみを申し上げたくて毎日お線香を焚いた。

なんか宗教上の理由で葬儀をどうするのか揉めていると聞いた。

悲しい話だ。死んだ人はそんなことで揉めるのを望んでないと思うけど……。

ある日、お客さんを接客して笑顔でお見送りをした。

お客さんも笑顔で、車から身を乗り出して手を振ってくれて光り輝いていた。

あとで気づいた。さっきのお客さんって、亡くなったひろふみさんだった！

マジかっ！　きっと会いに来てくれたんだなぁ。

心からの思いって、あちらの世界までちゃんと届くんだなぁって、しみじみと感じていた。

心の扉

20代前半は思い出したくもない。

高校生の頃に付き合っていた正彦は私の初めての男だ。

でもデートした記憶はあまりない。

ある日、部屋で2人でいた時、「なんかお前とおるとイライラする」って言われてビンタされたので、速攻でビンタし返したった。

短い付き合いだったし理由は覚えてないけれど別れて、知り合いのお兄ちゃんに「別れてきた。なんかイライラする」って言ったら、「好きやったんやに」って言われたけど、どうにかしようという気持ちもなかった。

そんなどうでもいい人の恋の話だけど、まあ聞いて！

そいつと再会した。

そしてまた付き合った。

早くに事業を立ち上げて社長になっていた。

女癖が悪くていろんな噂を聞いたけど、あまり気にしてなかったなぁ。

だけどある日、高校の同級生と遊んでる時に聞いた。

「正彦、結婚するんやって」って。

「はぁ？　私と付き合ってるんちゃうの？」

と私は心の中で思ったけど何も言わなかった。たぶん顔は引きつってたと思うわ。

自分の会社の社員の妹に手を出して、おまけに妊娠させてしまって、結婚しないと仕方がない状況に自ら陥ったのだ。あのバカめ！

私はショックだったけど、「結婚するんやってな！　おめでとう」と言ってやった。

それでもあの野郎は私に、「愛してる。幸せにするんで」って言いやがった。

だから私は「誰一人幸せにしてないやん。私を愛人にでもする気なん？」って言ったら黙った。

それでもあいつが好きやったから辛かったし、私の心はボロボロ。

悩んだ末、当たると評判の占いをしてくれる尼さんの情報を耳にして、藁をも掴む思いで片道2時間かけて1人で行った。

今日は無理やからと言われて、話を聞いてもらえる日を教えてもらって改めて行った。

そして話を聞いてもらった。

そうしたら、その尼さんは「それは悪縁やで切ったほうがいい」って護摩を焚いてくれた。

今まで忘れようとしても偶然会ってしまうから忘れられなくて困っていたのに、それがピタリと会わなくなって連絡もなくなった。

だけど、奴は私に大きな傷を残していった。

心の扉は閉じられたのだ。

私は男嫌いになって、世の中の男は全員死ねって思うほど男性恐怖症になったのだ。隣に男の人がいるだけでビリビリと感じる。たとえその人が凄くいい人でも。

10年くらい異性と付き合っていなかったから、職場のヤンキー上がりの後輩に「蜘蛛の巣張ってるんちゃいますか？ うちの旦那貸しましょか？ 3回に1回はイケますよ」ってからかわれていた。

丁重にお断りしといた。

うつ病

27歳くらいから、それは静かにやってきた。
趣味の読書も、映画を見る気力も、意欲もなくなっていった。
何もしたくない。
何もできない。
食欲もない。
ただ生きているだけ。
仕事のストレスと孤独感から不眠に始まり、うつ病になったのだ。
喉の奥が詰まるような異物感、首筋の張り。病院では甲状腺異常が疑われたが、
検査の結果は異常もない。なのに、内臓が絞られるような苦しみを常に味わってい

た。

ある朝、ベッドから出たけれど立ち上がれなかった。座り込んだまま動くことができなくなった。

意識が飛ぶ。たぶん気絶してたんだろう。

一日中そんな状態だった。

動けない。洗濯すらできない。

そんな日が続き、このままだったら私は死ぬんだって確信したから病院に行く決心をした。

心療内科はまだその当時少なくて、近くに2軒しかなかったから電話して、1軒目にはいっぱいって言われて、2軒目の病院を受診して、ずっと苦しかったから助けてもらえると思って、安心して泣きそうになった。

安定剤と抗うつ剤を処方された。

はじめは気絶しそうなほどの睡魔と闘いながら仕事に行ってた。

薬を飲んでも気が変になりそうなほど落ち着かず、心臓がバクバクする苦しみに耐えて生きてた。

結局病院を3軒替わって、やっとギリギリの生活をしていけるまで回復、いや、なんとか生きてるレベルでしかないか。

私は今世が終わったらもう二度と生まれ変わらないと心に決めた。

そんな状態だったから恋愛どころじゃなかった。

薬を飲んでなんとか生きてるので精一杯だったし、仕事以外は引きこもりだったからご縁もなかった。

そうして13年。

孤独だった。

もう死にたかった。

３回くらい三途の川と言われるところに行ったわ。
でも返された。
まだ生きなきゃいけないのか？

結婚と高齢育児

でもね、40歳の時にね、旦那さんと飲み会で知り合ったの。

半年くらいは、たまにメールする程度の間柄だったけど、いい人そうだから私から「デートする?」って聞いてみた。

カラオケに行っただけで何の進展もなかったけど、酒癖も悪くないし、やっぱり普通に好い人だった。

その年の年末の夜に「具合が悪い」ってメールしたら大雪の中を私のアパートに来てくれた。

具合は良くなったけど、寂しい一人者同士、年末年始を一緒に過ごした。

旦那さんはキスすらしてこなかったし、一緒にいてしんどくなかったから、私から「付き合ってみる?」って聞いたら「結婚しよう」って言われた。

その展開には驚いたわ!

うつ病だから、こんな私でいいのかと確認し、タバコをキッチンに吸いに行き、ちょっと悩んだ。このチャンスを逃したらもうないだろうと思ったから。

2人とも結婚式を挙げる気もなかったので速攻で籍を入れて、薬も妊活のために妊娠しても大丈夫な抗うつ剤と安定剤だけを処方してもらった。

排卵日を予測して妊活したらすぐに赤ちゃんができた。

でも、妊婦を甘く見てた。流産しちゃって……。

でも、悲しんでる暇はない。十分な高齢出産だ。

今年できなきゃ子供は諦めようと思った一発!

大当たり!

だが、つわりがひどく、毎日ひどい頭痛に悩まされて、私はほとんど寝たきり状態になった。

やっと動けるようになったのは妊娠7、8ヶ月頃。

旦那さんはいつも「スイカが入っとる」って言ってた。

そして、ようやく10ヶ月になった。

出産は、パニック発作を起こすのが目に見えていたし、体力もなかったので、帝王切開での出産だったけど、手術台に全裸で寝かされて両手をベルトのようなもので縛られた瞬間に、私は我を忘れて「いやー」って叫んで暴れた。

私は先端恐怖症なので、とてつもない恐怖を感じたのだ。

看護師さんの叱咤で我を取り戻して、ガンガンのロックをイヤフォンで聴きながら、内臓が引っぱられていじくられているのを感じながらも無事に出産となった。

切腹したようなお腹は、縦にホッチキスみたいなので止められていた。

記念にスマホで写真を撮っておいた。

めっちゃ痛い。

痛み止めを処方されていたけど全然効かない。

旦那さんに家から痛み止めを持ってきてもらって、こっそり重複して飲んでしのいだ。

高齢育児も頑張った。

産まれてすぐに、息子の悠斗さんは入院。

未熟児でもないのに保育器に入れられてるから窮屈そうだった。

黄疸の数値が高く、手術かどうかの瀬戸際だったが、ありがたいことに無事退院することができた。

私は薬を飲まないといけないので母乳はあげられなかったが、3時間おきに泣き、1時間かけてミルクを飲み、朝も昼も夜もその繰り返しで、見事なでっかい赤ちゃんにすくすくと成長していった。

ハイハイができるようになると、夜中に突然むくっと起きて、ものすごい勢いでハイハイしながら猛突進してくる。

殺気さえ感じる。

マジで怖い。

旦那さんが休みの日は車で悠斗さんを乗せてドライブにつれて行ってくれて、その間に2時間くらい私を寝かせてくれたけど、交替勤務の仕事をしている旦那さんのフォローも虚しく、私のうつはどんどんひどくなっていった。

手は震えてるし、マスクをして顔を隠しても目がいっちゃってるヤバい奴が出来上がった。

誰も助けてくれる人はいないし、人に会いたくなかった。

悠斗さんは喘息持ちで、風邪を引くと抗生剤は吐くので、気管支炎や肺炎になり入退院を繰り返した。

そして私の薬はどんどん増えていき、ついでにパニック障害に育児ノイローゼにもなり、薬漬けでも苦しい日々。

もう限界だった。

私かこの子、どっちか死ぬなって思った。

そのあたりは微塵の記憶もない。どうやって手続きをしたのか必死すぎて覚えていないが、私は障害者になった。

障害者になったことで市役所に相談して悠斗さんを預かってもらえる保育園を紹介してもらえた。

保育園の面接の時、目がいっちゃってて挙動不審だったんだろうなぁ、「お母さん、だいぶ具合悪そうやからすぐに預かります」って言ってもらえた。

預かってもらえたからといっても私の病状が簡単に治るわけじゃない。

胸が苦しい。

手が震える。
10年間、必死の一言に尽きた。
世のお母さん方、本当にすごいです♡
めちゃ頑張ってる。尊敬してます。
私が若かったらもう少し違ってたのかなぁ？
旦那さんとは子供ができてからずっとセックスレス。
私の人生、性歴少なかったわ。終わったわぁ。
ただし、ここはひとつ弁解したい。
私が美味しくないって訳じゃない、２人ともそんな元気がもうなかったんだ。
そして10年が経ち、小学生の悠斗さんを朝起こしたら、
「やめて。今いいとこなんやから」
って言われた。何が？　夢が？

また別のある朝は悠斗さんが「今日は久しぶりに夢を見た」って言ってきた。

「僕とママが新しいおうちに引っ越すの。玄関がここで、ここがキッチンで、リビングがここで」って絵に描いて説明してくれて、「それからママはいっぱい仕事して毎月500万円もらえて……」って。

いやにリアルやな！

私は「んっ？　パパは？」って聞いたら、「パパはおらんだ。パパは56歳に不倫するの！」って。

不倫の意味わかっとんのかい？

これは予知夢かな。

子供はあちらの世界と割と簡単につながることができる。何かを暗示しているのだろうか？　そう言えば、うつでもう終わりたいと思ってた私に、10歳頃の悠斗さんが2人でご飯を食べてる時に、「まだ生きて、あきらめないで」って言ってきた。

その時、子供って凄い！　って思った。
私は何も言ってないのに……何を感じたんだろう。

弟

忘れもしない2019年の4月末日。

1本の電話がかかってきた。

「私、弁護士の佐野と申します。山田冨尾夫様がお亡くなりになりました」

はぁ？　これは新手の詐欺か？

「えーっと、私はその方を存じ上げませんが」

「あなたの実のお父様です」

「あー、そうですか、お父様だけは生きていたんですね？」

「はい、明日こちらに来られますか？」

「お葬式ですか？」

ちょうど明日は土曜日だから行けるなって思って住所を聞いて電話を切った。旦那さんにそのことを伝えて早速荷物の用意をした。

私は父の亡骸をじっと見つめて、やっぱ覚えてねーし、なんの感情も湧かんわって思った。

葬儀が終わって弁護士さんから、静かに座ってる青年を紹介された。親子ほど年の離れた腹違いの弟がいたのだ。弟も驚いていた。そりゃそうだ、お互い知らされてなかったんだもん。

私はうれしかった。兄弟がほしかったから。

「初めまして。お悔やみ申し上げます。悲しめなくてごめんね。私、赤ちゃんの時から施設で育ったから顔すら覚えてないもんで」

って言ったら、

「初めまして。恐れいります。僕も悲しくないので気にしないでください」って。

弟ができてうれしい。私は心から喜んだ。

「よかったら連絡先を交換してくれませんか？」って言ったら、「喜んで」って言ってくれた。

なかなかのイケメンだ。ロン毛のサラサラヘアもよく似合ってる。

背も高い。１８０近くあるな。しかし20代の割に落ち着いてるし、何か不思議な雰囲気をかもしだしとるなぁと感じた。

名前教えてって聞いたら名刺をくれた。

そしてスマホをフルフルした。

山田涼輔。22歳。フリーランスでＡＩエンジニアの仕事をもう高校の時からしていると言った。

凄いなぁ。私はただの普通の主婦だ。なんて差だ。

葬儀で弁護士さんとお会いした時に、遺言状があるので明日こちらへいらして下さいと名刺を渡された。銀行さんと弁護士さんと知人２名だけの実に質素な葬儀だった。

次の日、もらった名刺を頼りに弁護士事務所へ行った。

弟は財産の権利を放棄した。なにやら確執があるようだ。口出し無用のオーラが出てるわ。

「お金に不自由はしてないから」の一言でこの話は終わって帰って行った。

心の扉が閉じられた。

触れないでおこう。

でもそれからは毎日、弟の涼輔君とメールのやり取りをしてる。

若くてかわいい私の弟。

私は弟の存在がうれしかった。

父の遺産

弁護士さんから、私に数十億の財産と東京近郊の家と都内のマンションのペントハウスを贈与するという遺言書と、亡き父からの手紙をもらった。

父の記憶はないから悲しくもない。

私達家族は申し訳ないが大いに喜んだ。だって億万長者になれたんだもん。

旦那さん、仕事辞められるやん！

その手紙にはこう記されていた。

人はみんな一瞬一瞬を選びながら生きている。
毎日に喜びを感じて感謝して生きてほしい。
人は常に思考している。
選びなさい。
どんな自分でいたいかを思いや考えを変えなさい。
冷静さを失ったらそこで負けが決まる。
いつも欲しいものを持ってる自分、
やりたい事をしている自分に思いや考えを変えなさい。
すべては自らの愛のために。
お前は必ず、いやもうすでに、願いは叶った。
あたかも現実であるかのように生きるんだ。
すぐに叶う夢、時間のかかる夢もある。

己に限界を作るな。
さすれば自ずと道は見えてくる。
この世は因果応報。
すべて偶然なんてない。
今一瞬を生きてほしい。
幸せを願う。

第2遺産
右に1、左に9、右に6、左に7、右に6、左に7
父より

第2の遺産の数字は私の生年月日やん。
仏陀も言ってるもんなぁ。
「今の自分の全ては自分のこれまでの思考の結果である」って。
父は悟りを開いたのか？　はたまたアルケミスト？
でも、これでお金持ちの夢は本当に叶ったな。
やったー！　夢じゃないんだ！　本当に？　マジうれしいんですけどー。
これで旦那さんは交替勤務の仕事もしなくていい。
旦那さんに楽させてあげられる。
この何にもないド田舎から都会に引っ越せる。
東京近郊の家に引っ越せるんだ。
15年以上うつ病を患ってる間に友達は失った。
旦那さんと子供を送り出したら家に独りぼっちだし、この場所に未練なんて微塵もないわ。

旦那さんは31年働いた会社を辞めて、毎日少しずつ引っ越しの準備をして、寝て、食べて、寝て、幸せそうだ。

悠斗さんは初めての転校に少々ビビってるけど、お金持ちになったのとおっきなおうちに住めるのがうれしくてワクワクしてる。

私の胸は高まった。

引っ越してまずしたことは、私の心療内科と小児科と矯正歯科探しだった。

ありがたいことに、住み込みのお手伝いさんは情報通でいい病院を教えてくれる。

私より若くてシングルマザーでしっかりしたありがたい人だった。

悠斗さんと同じ年の男の子がいて、とても仲良くしてくれて、学童みたいなところに行ってるから悠斗さんも一緒に勉強して遊んで友達も沢山できて、毎日楽しそうで安心してる。

前の家はボロで寒かったから、バリアフリーの太陽がサンサンと当たる明るい家、広い吹き抜けのリビング、白い大きなソファ、バイオエタノールの暖炉が美しくて癒やされる。この家、安らぐわぁ。なんかめっちゃ落ち着くし、都心にも田舎にも近い最高の立地条件じゃん。

東南のロフト風の2階の部屋は私達夫婦の部屋にして、その隣を悠斗さんの部屋にしよう。

引っ越しの荷物を少しずつ片付けていった。

私達の部屋は20畳くらいで、ダブルベッドを2つ並べて置いても十分な広さだ。

私達の部屋と悠斗さんの部屋の間に20畳ほどの広さのクローゼットがある。

旦那さんと私の服を全部並べて入れてもあり余った。

やった！　いっぱい服買えるやん。

「めっちゃうれしい」

テンション上がりまくって笑みがこぼれる。

旦那さんは服が少ないからすぐに片付け終わって、「この辺探索してくる」と言って出かけて行った。

第2の遺産

片付けが苦手な私は悩みながら腕組みして眺めていた。

奥に姿見がある。

でっかい姿見の位置をもうちょっと左側に寄せたら、ロングコートが掛けられると思って持ち上げようとしたら、勝手に右側に動いた。

「わっ」

鏡は隠し扉だったのだ。

子供だったら入れそうなおっきな金庫。

「えー！　スゲー！　お宝とか入ってたらどうしよう」

ってほくそ笑んでみたけど、金庫なんて開けたことがないからわからない。

ダイヤル式のレトロな金庫。

そうだ、遺言書にあった最後の数字！

ダイヤルを回すとあっけなく開いた。

けど何にも入ってなかった。

「なんやぁ」

でも第2の遺産って書いてあった、絶対なんかあると思い直して、金庫の中にかがんで入って、スイッチとかないかと触ってみたら、見た目は金庫の奥だけど、手が奥に入る。

空間があるんだ。

これは、金庫じゃなくて秘密の部屋の入り口だったのだ。

恐る恐る入って行くと真っ暗だった。手探りで壁に電気のスイッチがないか探したけど見つからない。まるで洞窟のような中を手触りで奥へ奥へと進んでいく。

少し目が慣れたのか、真っ暗な中にキラキラ光る粒子の渦巻く空間があるのを発見した。

何これ？　手をそっとその空間に触れてみた瞬間に、何かにつかまれて引っぱられた。

その瞬間、眩い光に覆われて、逆に今度は眩しすぎて何も見えない。

薄目を開けて少し経つと目が慣れて見えてきた。

それは、何もかもが光を放つエネルギー体だったのだ。

〈ここは天国？〉

言葉を発する前に、頭に言葉が入ってくる。

〈そうだよ〉

〈あなた方は宇宙人？〉

〈そういうことになる〉

私を引っぱったエネルギー体は、ここは高次元で時間という概念がないので皆若いと言う。

〈4次元よりももっと上の次元？　ここは何次元？〉

〈7次元〉

なんかいいエネルギー。優しくて、温かくて、愛に満ちてる。ここがとても好き。

ここは私が子供の頃から早く帰りたいと思っていた場所で、私はカルマを返すため、生まれ変わりの最後の3次元を自殺しないで生きて終えるという約束をして、地球に行くことを選んできたことを知っていた。

〈あっ、私待てなくて、信じてただ待つことができなくて自殺したんだ〉

〈そうだよ。珊瑚はいろんなことを覚えてるけど、よく忘れてしまうね〉

私は薬のせいでいつも頭がぼんやりしている。

〈病気も直に治るよ。３次元に必要な物事は全て揃っている。珊瑚の望みは叶っている。１つの体で存在する同次元の中の他の時空を同時に体現し、生きたいということも意識的に叶う。左目を使いなさい〉

そう教えてくれた。

珊瑚はまだここには帰れないこと、そして指輪を右手の薬指にはめてくれた。それは1センチほどの、色が変わる球体の石だった。

〈6日で1歳！　忘れるな、珊瑚。6日で1歳だよ〉

〈わかった。6日で1歳ね。ありがとう。また会える？〉

〈必要なれば〉

――目を開けたら、私はお腹の中の赤ちゃんのように丸くなって、ベッドのすみで眠っていた。

なんだか光あふれるリアルで気持ちのいい夢を見てたなぁ。

あっ、6日で1歳？　大事なことのような気がするから忘れないようにメモしとこう。悠斗さんが入ると危ないし、また体調のいい時に秘密の部屋を探検しようと思って、金庫はロックして、また姿見を持ち上げた。

そこから私の人生の歯車が狂い始めたことに気づかずに……。

また病気？

毎年、旦那さんの実家のある福岡県に行ってる。

ある年の帰りの飛行機の中で、気圧の変化のせいか頭から左目にかけてド太い針を上からぶっ刺されたかのような激しい痛みに襲われた。キャビンアテンダントのお姉さんも心配して、いろいろ気づかってくれたけど、痛みが激しすぎて治らず、着いてすぐに救急車で運ばれた。

検査の結果、脳梗塞と眼底出血。

脳梗塞のほうは大事には至らなかったのでしばらく入院して、血液をサラサラにする点滴をするだけで済んだ。

厄介なのが眼底出血。こちらは手の施しようがなくて、ほぼ失明ということになった。でも、もともと視力はあまり良くないから大して気にしてない。ただ、眼球が赤よりちょっと薄い、濃いめのピンク色になってしまった。なぜそんな色になったのか原因はわからないそうだ。

実は、見えないことにしたけど本当は見える。

でも、右目とは見えてるものが違うのだ。

左目でおぼろげに見える世界は、人も部屋の中も景色も違う。

しかも一定ではない。

こんなことを先生に言っても理解してもらえないだろうと思って、見えないことにして眼帯をして、何も見ないようにしている。

今は特注の何も見えないようにするカラコンを使ってる。

片目だけで最初は不自由したけれど、慣れていくもので、それが普通になっていった。

ただ、車の運転は凄く疲れるし怖い。

でも、うつ病の私が1人で出かけることはまずない。

1週間に1度の通院くらいなのでなんとか生活していけた。


旦那さんとは子供ができてからずっとセックスレス。

車に乗るとETCが「カードが挿入されていません」って言うたびに、「私も挿入されていません」って心の中で呟く。

私の人生、性歴少なかったわー、終わったわー。はて、これから何しよう？

貧乏はいっぱいしてきたけど、お金持ちって何をしたらいいんだろう？

お金の使い方がわからなーい。

とりあえず沢山お金があるから、国境なき医師団とユニセフに1億円ずつ寄付してみた。嫌なお金持ちにはなりたくなかったから、悠斗さんには自慢したり傲慢にならないようにいつも言い聞かせた。

うーむ、お金がある、お金がある、お金がある、お金がある、お金が沢山ある。

私のうれしいこと？

私の幸せ？

とりあえず病気を治して30歳くらい若返りたい！

トキメキたい！

えーやろ、神様？　私、ずっと死んでたようなもんやったし。

エステでも行くか？　それとも美容整形？　毎日考えてた。

いつのまにか安定剤や抗うつ剤を飲んでもいつも胸が苦しかったのが消える時が増えた。普通の人っぽく生きれてるように思えた。

まぁ、お手伝いさんがご飯も掃除もやってくれてるからストレスないしね。

エステにも通い始めた。

進歩だ。
あの十数年の苦しみと薬漬けの日々を卒業できた気分だ。
薬はSSRIのパキシルからSNRIのサインバルタに変わった。
まだ睡眠薬と安定剤と線維筋痛症の薬と合わせて7種類の薬を飲んでるけどね。
あー神様、守護霊様、ありがとう。
もう本当に感謝しかないわ。
おかげで私、幸せになりました。
かなぁ？　なんか足りない。
旅行行ったり、温泉入ったり、でもなんか足りないの。
みんなこんな感じで生きてるのかなぁ？　なんかって何だろう？
毎日考えてた。そして、まだ悠斗さんは1人で寝られないから添い寝しながら、
このやんちゃ坊主が1人で寝てくれるようになることを祈る。

早くチンチンに毛生えないかなぁ。まだまだ甘えん坊だからツルツルだなぁと思った。

またまた病気?

年のせいか、最近体がしんどくて、微熱が続いて咳が止まらず痩せていく。

寝てる間も咳をしていて、旦那さんが寝られないって言うし、いい加減イヤになってきて、近所の優しいおじいさん先生のいる病院に行った。

風邪らしい。抗生剤と解熱剤と咳止めをもらって良くなった。

そして薬がなくなったら、また微熱が続いて背中が痛い、体が痛い。

また仕方なく病院に行った。

もっと強い解熱鎮痛剤を出してくれた。

薬を飲んでる間は元気っぽい。でも咳がなかなか治らない。

薬がなくなったらまた微熱と体に痛みが出てきて、先生は心配してくれて、大きい病院の紹介状を書いてくれた。

いろんな検査をした結果、肺がんだった。大人喘息になってもタバコをやめられなかった。タバコ歴23年やもんね。ついに来たかって感じ。

旦那さんが呼び出されて、治療の話になった。私は治療しないと言いきった。

先生はびっくりして、「このまま放置したら、あと2、3年でステージ4になりますよ」って焦ってた。

「治療をして再発しなければまだまだ生きられますよ」って言われたけど、丁重にお断りした。

けど痛み止めだけくださいと付け加えた。

がんだと知った私は安堵して笑ったのだ。

悲しくなんかない。

むしろ、ほっとしてたのだ。

やっと終わりが近づいてきた。

帰れる。あちらの世界に。

私はずっと先の見えない道を走ってて、やっと見えてきた。

ゴール！

そんな感じなの。

不遇だったから小学生の頃から私はずっと死にたいと思って生きてきた。

絶対飛んでやるって思ってた。

だから、抗がん剤治療も手術もしない、自然に任せたいと言った私の言葉に、旦那さんが驚いて言葉をなくしていた。

だんだん旦那さんの顔が青ざめていく。

かわいそう。

残された人のほうが辛いんだよね。

きっと、あとで説得してくるだろう。

でも私はもう決めていたし、自然に任せたい。

案の定、その夜は家族会議がおこなわれた。

反抗期をそろそろ迎える悠斗さんは、治療してくれと、旦那さんと2人して泣きながらお願いされたけど、私の決意は変わらない。

その日から家の中が暗い。重い。

私はそんな気分じゃない。

今までうつ病を抱えながら十分家にいたし、お弁当を作って、洗濯して、ご飯も作って、掃除してきた。残りの貴重な日々をこんなに重くて暗い家にも病院にもいたくない。

しばらく自由に生きたい。

最後は家族と過ごすけど、今は着の身着のままに、私の気分は晴れやかなのだ。

そして、後何年か残り少ない命のやるべき事とやりたい事を考えている。

生きたい人が死に、生きる希望も夢もない人がなぜ生きるんだろうと思いを馳せながら……。

家　出

夏の終わりに近づいてきた頃。

荷物が少なくて済むからありがたい。

私は超軽量のキャリーバッグを買い、下着と少しの服と化粧品と薬を詰めて自分の貯金から５００万円だけ下ろして弟の涼輔君のところに行くことにした。

涼輔君に電話をかけて、「しばらく行ってもいい？」って聞いたら、「別にいいけど、どうした？」って聞かれたから「家出」って言ったら笑われた。

旦那さんと悠斗さんには手紙を書いた。

ごめんなさい。

しばらく留守にします。

家にいるとみんな暗いし滅入るから、なんか落ち込むわ。

必ず生きてるうちに帰るので、帰ってこいという電話とメールは受け付けません。許してください。


それに涼輔君にも言わないといけない。私がいなくなったら天涯孤独になってしまう。辛い。言えるかなぁ？

短い付き合い、といってもメールくらいだけど、めっちゃいい奴だってことくらいはわかる。

父とは疎遠だったらしい。

母のことは語られたことがない。

郵 便 は が き

料金受取人払郵便

新宿局承認

1409

差出有効期間
2021年6月
30日まで
(切手不要)

160-8791

141

東京都新宿区新宿1－10－1
(株)文芸社
愛読者カード係 行

お名前《ふりがな》			明治 大正 昭和 平成 年生 歳	
ご住所《ふりがな》	□□□-□□□□			性別 男・女
お電話番号	(書籍ご注文の際に必要です)	ご職業		
E-mail				
ご購読雑誌(複数可)		ご購読新聞	新聞	

最近読んでおもしろかった本や今後、とりあげてほしいテーマをお教えください。

ご自分の研究成果や経験、お考え等を出版してみたいというお気持ちはありますか。

ある　　ない　　内容・テーマ(　　　　　　　　　　　　　)

現在完成した作品をお持ちですか。

ある　　ない　　ジャンル・原稿量(　　　　　　　　　　　　　)

書　名			
お買上 書　店	都道 府県　　　　　市区 　　　　　　　郡	書店名 ご購入日	書店 年　　月　　日

本書をどこでお知りになりましたか?

1.書店店頭　2.知人にすすめられて　3.インターネット(サイト名　　　　)

4.DMハガキ　5.広告、記事を見て(新聞、雑誌名　　　　)

上の質問に関連して、ご購入の決め手となったのは?

1.タイトル　2.著者　3.内容　4.カバーデザイン　5.帯

その他ご自由にお書きください。

(　　　　)

本書についてのご意見、ご感想をお聞かせください。

①内容について

②カバー、タイトル、帯について

弊社Webサイトからもご意見、ご感想をお寄せいただけます。

協力ありがとうございました。

※お寄せいただいたご意見、ご感想は新聞広告等で匿名にて使わせていただくことがあります。

※お客様の個人情報は、小社からの連絡のみに使用します。社外に提供することは一切ありません。

言いたくないことらしいから何も聞かない。

葬儀にもいなかったし。


私の心はとても静かで、今を受け入れている。

病んだ体にはキツい。最寄りの駅までが遠いし、電車を乗り継いで、あー目眩がするわ。人がいっぱいいる。都会やわぁ！　ビルばっか。

涼輔君が駅まで迎えに来てくれた。

本当にありがたかった。

不安が一気に吹き飛んだ感じだ。少しかな、結構かな？

疲れた。シャワー浴びてちょっと寝たい。

迎えに来てくれた涼輔君の第一声は、眼帯をしている私を見て、「目はどうしたの？」だった。

「脳梗塞と眼底出血で左目が見えやんくなった」

って言ったら、

「かわいそうに」

って頭ポンポンされた。

「こっちに引っ越ししてきたけど、やっぱ東京は都会やね」

「そんなに田舎だったの？」

「うん。前は行くところがないくらい田舎やった。買い物するところないで、下着ですら通販で頼まなあかんのやで」

って言ったら大笑いされた。

イヤ、マジですから。

着いたところはおっきなマンションのペントハウス。

ビックリした！

「何者なん？　めっちゃ広くて眺めいいし、こんなセレブみたいなとこに1人で住めるなんて」って聞いたら、「仕事兼自宅だし、他の仕事もあるし、頑張ってるからだよ」って。

「普通は頑張っても、こうはならへんやろう。めっちゃ頭いいの？」

「まぁそこそこ、高校からやってるからね」

「大学は？」

「行ってない。専門学校は行った」

「私は大学行ったけど何にもなれてないぞ」

「ちゃんと主婦して子供育ててるじゃん」

「弟っていいなぁ。気使わんくてよくて」

「いや、ちょっとは気使って」

って言われて2人して笑った。

「で？　いつまでいる予定なの？」

「1ヶ月くらい？」

「涼輔君の彼氏が来る時はホテルに泊まるで、とりあえずシャワー貸して」

って言ってから、しまったと思った。

「え？　彼女の間違いじゃないの？」

って言ったあと、沈黙が続いた。

涼輔君の目をじっと見つめた。

「ゲイやろ？　それともバイ？」

「なんで？」

涼輔君の顔が歪んだ。

「カミングアウトしやんの？　私的にはセックスレスのほうが大問題やと思うんやけどな！　なんか姉弟って知ったの最近やん。そやけど若い男の人特有の私が感じる緊張感がなかったん。そやで不思議やなぁと思って気づいたん。違うのかもって。大丈夫誰にも言わないし墓場まで持ってく」

涼輔君は悔しげに笑った。

「今までバレたことなかったのに」

ってボソッと言った。

「とりあえずシャワー貸して、あっタオルも」

あーさっぱりした。

「疲れたからちょっとソファで寝ていい？」

「うん。あの部屋は仕事部屋だから絶対入らないで。あとは好きに使っていいから」ってタオルケットを貸してくれた。

「わかった。ありがとう」

体はどうだ？　痛み止めがよく効いてるな。でもまだ微熱があるな。安定剤も抗うつ剤も睡眠薬も痛み止めも先生にお願いしてもらってある。うん、大丈夫だ。

安定剤を飲んでソファに横になりながらメールチェック。

どうでもいいメールだけやから、まだ私がいないことに気づいてないな。旦那さんは用事で出かけとるし、悠斗さんは学校だから夕方かな、連絡が来るのは。

どうしようって思いながら瞼が重くなっていった。


起きたら夕方やった。今頃、旦那さんと悠斗さんは大騒ぎになっとるんやろうなぁ。スマホは留守電にしてある。

「涼輔君、夜ご飯食べに行こ」

「何食べたい？」

「居酒屋！　美味しいお酒を飲みたい。ビールは飲まん、甘いやつ」

「ＯＫ」

タクシーに乗って着いたお店は、オシャレって感じじゃない。まぁ、気が楽で好きやけどね。

「ここの手羽先と梅酒がめちゃ美味い」って、涼輔君。

「おお、私、手羽先大好き、塩？　タレ？」

「どっちもある」

「楽しみ～」

私は梅酒のソーダ割り、涼輔君はロックで乾杯をした。

「プファ～、美味しい」

そんで超美味い手羽先に食らいつきながら、ふと涼輔君の手が目に入った。

「ちょっと手見せて。私、少し手相が見れる。やっぱりマスカケ線だ。片手にあるだけでもめっちゃ縁起がいいの。そっちの手も見せて」

やっぱり両手にある。

「かなりの強運に恵まれてな、天才的な閃きがある。凄い集中力もあって、つかんだ運は逃さない。成功運や金運をどんどん引き寄せる手相なん」

「ふーん」

「ふーんって、もっと驚きなよ」

「俺の努力の結果！」

「なんかムカつく」

「で、何があったの？」

って涼輔君に静かに聞かれた。

来たか！　と思った。

「んー、私、がんが見つかったん。でも抗がん剤治療も受けないって言ったら旦那さんと悠斗さんに泣かれて、説得されて、家に居づらくてここに来た」

なぜ驚かない？　涼輔君はポーカーフェイスすぎる。

「なんで治療しないの？」

「もう自然に任せたい。頑張る気持ちもうない」

「せっかく姉ができたのに、いなくなろうとしてるの、わかってる？」

私は大きなため息をついた。

「ごめん。正直、私、がんって言われてほっとしたん。愛してくれる人達を残していくのは本当に申し訳ないって思ってる。でも、やりたい放題やろうって思ったら気が楽になったん」

って言った時、旦那さんからメールが来た！

今どこにいるの？　とか、心配してる！　とか、帰っておいで！　とかいろいろ。

弟の家にしばらくいるから心配しないで、ちゃんと帰るから、私に時間を頂戴。

あと、悠斗さんのことお願いって返信した。

「涼輔君、思い出作ろう」

「俺が辛くなるじゃん」

「ほなっ知らんほうが良かった？　でももう知っちゃったんやで知らんぷりでけへんやん！　死ぬかもってなったからココ来れた。そじゃなかったら来る勇気持てやんだ」

そう言うと、涼輔君は黙ってしまって、何か考えてるようだった。

「生きてほしい……」

ぽつりとつぶやいた。

2杯飲んだだけで私はヘロヘロに酔っ払った。

2人とも同時にシャワーを浴びようとしたから、「一緒に入る？」って言ったら、「なんでだよ。気持ち悪いわ！」って涼輔君が言った。

「うん。私もイヤ！」

「じゃ、なんでそんなこと言うの？」

「おもしろいで」

って笑ったった。


次の日の朝方に目が覚めたら胸が苦しくて、慌てて薬を飲もうとした。焦って手が震える。ワナワナした手で薬を出して、食らいつくように口に押し込んだ時、気がつかなかった、涼輔君がそこにいたことを……。

見られてしまった。まずい。

「まだ何か隠してるだろっ？」って言われてうなずいた。

「私、もう10年以上も前からうつ病やねん。薬さえ飲んだら普通に生活できるくらいにはなったたん」

「前は普通に生活できないほどひどかったってことだよね。今見てるだけでも普通には見えなかったよ」

「高齢育児が大変やったん」

そう言うと、なんか私が悪いことをしたみたいな気分になった。

「もう隠してる病気はないんだね！」

「あー、あと、更年期障害も……」

「はぁっー」って涼輔君にため息をつかれちゃって、

「なんでそんな病気のオンパレードなの」

「すいません」

って、私は謝っとくしかなかった。


ある朝、起きてカフェオレを飲みながらインスタチェックしてたら、

「旦那さんから？」

って涼輔君が聞いてきた。

「ううん、インスタ。なんか作る？」

「いや、いい。自分でするから」

しなくていいんだ、ラッキー！

「ちょっと仕事するけど、そのあとどっか行きたいとこある？」

「うん。服が欲しい。着替えを持ってきてないで」

「ＯＫ。俺が選んでやるよ」

「え？　私ってもしやセンス悪い？」

「んー、まあまあ」

「そっか。ほなお任せするわ。あ、高い店はパスな」

「お金あるんだから好きなブランドとかの服を買ったらいいのに」

って言われたけど、

「あんまりブランドに興味ないし、貧乏性なのかなぁ、高いものは大事にとっといてしまうの。気軽に着られる服、洗濯できる服のほうが落ち着くん」

と言うと、

「わかった」

って笑ってた。

旦那さんと悠斗さんに「元気だよ」ってメールを送って、洗濯だけして、着替えて化粧をした。

掃除はルンバがガンバってくれるので放置。って人の家やけど、心からリラックスできるわ。

スマホで海外ドラマを見ていたら、お昼に……涼輔君が部屋から出てきた。

「行こうか？」

「うん！」

駐車場に下りた。

く、車が！

「何、これ？　はぁ？　初めて見たんですけど……」

「ランボルギーニアヴェンタドール！」

って自慢げに言われても、凄すぎて恥ずかしいわ。

「普通の車は持ってないの？」

「ない」

「仕方ない、マスクで顔隠すわ」

「なんでだよ！」

「私、こんな凄い車が似合う女じゃないもん！」

「女として見てないし、姉だろっ」

「あ！　じゃいいのかっ」

丸め込まれてるような気がするけど仕方ないか。

体がしんどい、痛い。痛み止めを飲んで、なんとか頑張ってくれ、私の体さん。

お昼ご飯を軽く食べて4、5軒服屋さんを回った。

「何から何までありがとう。お礼に何か望みを叶えてあげよう。私は魔法使いだよ～」

って言ったら、

「アホなの？」

って言われた。

「冗談が通じやんのか？　で、何がいい？」

「んー、考えとく。特技ある？」

「マッサージと料理かなぁ？」

「ふ～ん」

毎日が新鮮で楽しい。

母でもなく、妻でもない、1人の女である私に久しぶりになってる。

涼輔君は仕事以外でも時々出かけていく。

何も言わない時は何も聞かない。

「今日はナチュラルトリートメントしに行くけど、行く？」

「行く！」

エステも行ってお肌に張りが出てきた。ちょっと若返った気がする。

調子に乗ってたら、「もうすぐ死ぬけどね」って心がつぶやいた。

ふーん。このサラサラヘアはこうやって維持されてるのか。

私の髪は天然でクリクリ。美容師のお兄さんもびっくりしてた。こんな綺麗にウェーブが出るなんてって。

髪の毛に天然の泥みたいのを塗ってラップで巻いてると、涼輔君が私の顔を見て大爆笑。

「めっちゃブサイク～。おでこ狭っ」

「うるさいわ。おでこは私の急所なんや。見るなー」

まだ笑ってる。

確かに前髪を上げるとブサイクで反論のしようがない。

出来上がった髪は天然クルクルやけど触り心地がめっちゃいい。サラサラ～。

「良かったな、前髪あると全然違う」

って涼輔君は笑ってる。

美容師さんまで「全然感じ変わりますよね」って笑ってる。

「みんなしてしつこいわっ！」って私も笑った。

こっちに来て10日目。

涼輔君が「ツレが夜に来るからご飯作れる？」って聞いてきた。

「うん。何人くらい？」

「俺ら入れて5人」

「ほな買い物行かな！　何食べたい？」

「得意料理は？」

「煮込み系とか。ローストビーフやら肉じゃがやら、私の得意料理ばっかしかできん。朝から作らな美味しいのできへんで、とりあえずスーパー行こ」

また派手なランボルギーニに乗ってなのね（笑）

スーパーで食材を物色してたら珍しい美味しい山芋を見つけた。

コレやなっ！

「ホットプレートある？」

「うん、ある」

「美味しいお好み焼きはどう？」

「誰が作ってもたいして変わらないだろ」

って言うから、

「それが違うんだなぁ～」

「期待していいんだな」

「うん任して。あ、でもキャベツは切ってな！」

「ＯＫ」

「あ、肉じゃがも作って」

「了解です」

高校生から料理は覚えておいたほうがいいと思ってお弁当も自分で作ってた。

私の特別な料理は病みつきになる。

だっていろいろ隠し味がある秘伝のレシピだもん。

わーい、男の人がいっぱい来る。

家にいる時は化粧をしないけど今日は特別。

涼輔君は「たいして変わらない、どうせ5分じゃん。嫌味じゃないよ。褒めてるんだよ」って言うけど、褒められてる気がしやんわ。

でもそんなに変わるメイクしたら余計老けて見えるからナチュラルなほうがいい。

買い物から帰ってすぐに夕食の準備を始めたから、あとは温めて焼くだけ。

「あードキドキするぅ」

って言うと涼輔君が笑ってる。

来た。しかもイケメン凛君。

「姉の珊瑚です」

と挨拶。

2人目もイケメン煌二君。

「姉の珊瑚です」

ここはホストクラブかっ！　いや、それ以上だわ。

行ったことないし行く気もないけど。

3人目は健太郎君。

目が合った瞬間、あらぬ感情が私の心を貫いた。

「珊瑚、口開いてるよ」

って涼輔君に言われてハッと我に返って満面の笑みで、

「姉の珊瑚です」

って言った。

ここはハーレムや！　ヤバい、熱が上がる。

そうやっ、安定剤を飲んどこ。気絶するとあかんで。

私はこのハーレムの中でみんなと乾杯してお好み焼きをせっせと焼いた。

「美味しい。マジ美味しい。超美味しい」ってみんな言ってくれて、肉じゃがも大盛況で、鍋にいっぱい作ったのに全部平らげた。

しかしよく食うなあ。ほっとして喜んだ。

この反応！　当たり前になってる旦那さんと悠斗さんには足りないのだ。

だからご飯を作りたくなくなっていったのだ。

シャンパンを飲んで、しゃべって、食べて、私の緊張もどっか行っちゃった。

だって楽しいんだもん。

涼輔君に感謝。

親子ほど年の離れた男の人に囲まれて、私は来て良かったーって思った。

だって、家に引きこもり生活では味わえやん新鮮な毎日を送ってる。

生きてるって実感した。

朝方、夢を見て起きた。健太郎君が出てきた。

光り輝いて眩しい中にいて、私に何かを言っているけど、声が聴き取れなかった。

思い出したら胸がキュンってなった。

ヤバい、ドキドキする。

いや、まさか、親子ほどの年の差。

涼輔君は、「珊瑚は若く見える。50代には見えない」って言ってくれる。

エステ効果か？

そしてなぜかいつも呼び捨て。さんとか付けてくれない。

それからというもの、健太郎君は大学生だから暇を持て余しているのか、ほぼ毎日、涼輔君の家に来るようになった。

凜君と煌二君が来る時もある。

ここはみんなのたまり場だったんだな。

若者に囲まれて、鏡に映る私はなんだか若返ってる気がする。

そういえばこの間、右手の薬指の指輪がめっちゃ綺麗って言われた。

確かに色が変わる不思議な指輪はホンマ綺麗や。これ、どうしたんだっけ？　なんか思い出せそうなんだけど、んー。

そういえば、しわくちゃだったおばちゃんの手が肌理が細かくなってる気がする。若返ってる？　何かを思い出せそうで思い出せない。もやもやするわ。

ある日、涼輔君が仕事中に健太郎君が来て、暇だから2人で借りてきたＤＶＤで映画を観てた。マッタリして心休まるその時に、それは来た。

頭の中がぐるぐる回ってる。思わず私は健太郎君の肩をつかんだ。耐えきれない酷い目眩。

「珊瑚さん、大丈夫？」

健太郎君の声が遠くで聞こえる。

私は健太郎君の肩をつかんだ手は絶対離さないままで、一瞬意識を失った。

健太郎君が「珊瑚さん、珊瑚さん」って呼んでる声がずっと聞こえていた。

「救急車呼ぶからね」に反応して、私は意識を取り戻した。

「大丈夫。呼ばなくていい。治ったからもう大丈夫」

「病院行ったほうがいいんじゃない？」

「うん。明日行ってくるわ」

どの道心療内科の薬がなくなるから病院へ行く予定だったからだけど、健太郎君は凄く心配してる顔してる。

健太郎君の肩をつかんでる手を外されて、その代わりに手を繋いでくれたから笑い合って安堵した。

その時、左手の結婚指輪が消えていくのを目の当たりにした。

「えっ？　消えたね？」

「うん。消えた」

不安がよぎった。

その瞬間、私のスマホがテーブルから落ちた。

拾って中を見てみたら、スマホから旦那さんと悠斗さんの写メもアドレスも消えていく。健太郎君も見ていた。

沈黙が続いて、帰ってみたほうがいいんじゃないかという結論に達した。

健太郎君は私のことを涼輔君から聞かされていたみたいだ。だから毎日来てくれたのだろう。

次の日、病院へ行って薬をもらって家に行ってみたら、確かに家はあるし、鍵も開くけど、私の荷物しかない。

「パパー、悠斗さーん」

叫んでみても誰もいないし、私の荷物しかない。

「悠斗、パパ」

何度も叫んだ。

誰もいない。

私が存在を消してしまったの？

だだっ広い生活感も何にもない静寂の中で、ひとりぼっちの私は崩れおちた。

私の家族がなくなった。

私のおならが長くて臭いって、よく旦那さんと大笑いした。

悠斗さんは朝から寝るまで、ゲームしてる時間以外は「ぎゅーして、ぎゅーして」って言うので、毎日うんざりするほど抱きしめてた。

写真や思い出たちと共に私の記憶も消えていくのだろうか？　嫌だ。魂を削がれる想いだった。


飲まず食わずで床の上で横になりながらただひたすら祈って、祈って、疲れて眠って、また絶望して、死にたい。一筋の光も見えない。もう終わりたい。やってしまった。持ってる睡眠薬とかを全部かき集めて口に押し込んだ。

でも悶絶してのたうち回り吐くばかりで死ぬことはできなかった。

安定剤も抗うつ剤ももうなかったから、今度は離脱症状で悶絶。

苦しくて苦しくて、心臓をつかまれているようで息がまともにできず、体をかきむしり、血が出てもむしり取り、のたうち回った。

ざわざわとする私の心が叫んでる。

助けて、誰か、神様、お願い助けて……。

たかだか、うつ。とは言っても薬を絶つことがこんなにも苦しいの？

本当は減薬していかないといけないのに、突然薬を絶つことは死を意味するほどに辛くて、もう生きたくない。でも自殺したらまたやり直さないといけなくなる。

それは絶対嫌だ。

ここまできた。あと少し生きて、この人生が終わる日までは……。

私は前々世の地球で自殺している。

だから今世では生き終えるためにこの地球に、人間に、生まれてきたことを知っていた。

苦しくて、むしり取った皮膚や髪の毛が床の上に大量に落ちている。不気味な光景だ。私は脱皮したのだ。

まぁ、前世ではエイリアンやったから不思議ではないけど、ここは地球で、私は今、人間のはず。いいのか？　まぁいっか！　今さら仕方ないし。

なんで苦しんでるのか、何が苦しいのかもわからなくなってた。

やっと離脱症状が治まり、冷静さを取り戻した。

私はうつ病をやめたのだ。

私はゴミ袋を探して剥けた皮膚と髪を片付けた。

あれから何日経ったんだろう？

スマホが鳴った。

空っぽのスマホには涼輔君と健太郎君からの電話とメールが沢山来ていた。

「もしもし健太郎ですけど、ライン送ったけど既読にならないし、心配で、大丈夫？　涼輔もめっちゃ心配してるよ」

力ない声で、

「大丈夫じゃないわ。私の旦那さんも子供もいなくなっちゃったわ」

泣きながら笑った。

こんな時でも私はうれしいと感じるんだ。

最低だな私。

クソだな私。

幼げな青年を巻き込んじゃいけないと思った。

「このこと、誰かに言った？」

「言ってない。誰も信じないと思うし。でも僕、スマホの写メや結婚指輪が消えてくの見ちゃったし、だから……」

「お願い、このことは誰にも言わないで。そして私のことは忘れて」

「それで、これからどうする気？　無理だよ、忘れられるわけない」

「でも、もう私のことを知ってる人は誰もいないし、もう私――」

その先を言いかけた言葉を遮って、

「僕らが知ってるじゃん」

と健太郎君が言った。

「うれしいけど、関わらないほうがいいよ」

「ダメです。無理です。会いに行っていい？」

「わかった」

健太郎君の熱意に負けた。

水道に口をつけてお腹が一杯になるまで水を飲んだ。

汗まみれで気持ち悪い。

歯も磨いてないし。

何日お風呂に入ってないんだろう?

健太郎君が来る前にシャワーくらい浴びておこうと思って浴室に行ったら、鏡に映る私は痩せてて、おっぱいもお尻も垂れてない、中年腹もひっこんだ、若い頃の体の血だらけの私がいた。

込み上げる嗚咽。

笑えるわ。

前髪、真っ白じゃん……。

恋から愛に

健太郎君と涼輔君が来た。

私を見て驚いてた。

2人が交互にそっと頭をヨシヨシしてくれた。

ほっとして涙が落ちた。

おかげで心が少し軽くなった。

無言が続いても何を話したらいいかわかんないけど、目が合ったら笑い合った。

健太郎君が言った。

「僕、考えたんだけど、旦那さんとお子さんは違う次元に行っちゃったとか、バーチャル的なことが起きちゃったんじゃないかな……」

違う次元？

違う次元……。

違う次元！

頭の中で、「違う次元」という言葉がぐるぐる回ってる。

あの金庫の秘密の部屋！

なんかヒントがあるんかも！

それに、この不思議な指輪してるから！

涼輔君と健太郎君に、この家には不思議な秘密の部屋があることを話した。

じゃあ秘密の部屋に行ってみようってなって2階に上がった。ベッドの脇のテーブルにメモが置いてあった。

〝6日で1歳〟

「んっ？」

涼輔君は緊急呼び出しがあって、

「とりあえず会えて安心した」

ってハグしてくれて、仕事に行った。

クローゼットの奥の鏡を動かしたら、やっぱり金庫はある。

この部屋に入るのが怖い。

また何かが起こってしまったらどうしよう。

でも、もう行くしかない。

うん、よし。腹をくくった。

「健太郎君は入らんときな！　私みたいに家族を失ったら嫌やろ！」

また何か起こって意識を失うかもしれないから、ロープを腰に結んで健太郎君に、

「いいって言ったら引きずり出して」

って頼んで、ロープの端を持ってもらった。そしてかがみこんで金庫の中へ入って行った。

健太郎君が「あっ」って言った。

「えっ」って言ったら、「いや、何でもないっす」って。

何やろと思ったけど、まあいいや。

奥へ奥へと進んで行ったが、ただ暗闇があるだけだった。

確か、歩いた歩数的にはこのへんに不思議な空間があったような？

何かを踏んだ。

懐中電灯の光で下を照らすとノートのようなものがあった。

ページをめくっていったら、最後のほうに指輪のことが書いてあった。

私は卑怯かもしれないけど健太郎君に知られたくないと思って、そのページを破ってポケットに入れた。

まだこれには触らないほうが得策だな。

もうヤバい！　とりあえずノートを持った状態で引っ張ってもらった。

私は倒れ込んだ。

「ちょっと覗いていい？」

「うん。えーけど入らんときな」

「うわ、すげー。この家の構造上、裏側は壁だから、金庫分のスペースしかない。

この部屋はやっぱりあり得ない」

「うん」

「この部屋自体が異次元だね」

「うん。違う次元に存在してるんだと思う」

「カオスだなあ」

「うん。すべてがカオスやわ」

「あのー、血が」

血？

健太郎君が気まずそうに目を逸らして、

「スボンに血が」

「え、血？　どこ？」

鏡を見た。お股に血がついてる。何じゃこりゃ？

トイレに行って確かめた。

こ、これは、下腹部の鈍痛はもうなくなったアレ？

生理がキター！　スゲー！

また赤ちゃん産めるんかいな？

でも超恥ズイ。着替えて血を洗い、

「あのう、アレやったわ」

「うん」

2人ともなかったことにしようとした。

古ぼけて茶色く変色したノートはあちこちが破れている。50年くらい前に書かれたものだとわかった。私の生まれた年くらいか？　父は子供を捨てて研究に没頭したわけね。数式やら記号がいっぱい書かれていてさっぱり分からへんし、英語や文字は達筆過ぎて、

「読めねー」

健太郎君は魅了されてる。大学で理数系やって言ってたっけ。

「これは、『君の名は』みたいなエヴェレット解釈に基づくマルチバースに無意識が接続とかそういうやつ？」

「小学生でもわかるくらいのレベルで簡単に教えて」

「あのー、エヴェレット解釈っていうのは人間の意識で認識できたものだけが結果となって、認識外のものは存在していても結果として見えないって感じ」

「ほんならマルチバースは？」

「えーと、この世には別の宇宙が同時に並行して存在しててね、そこにも自分がいる。いわゆるパラレルワールドだね」

「パラレルワールドって映画で見たことある」

「渦巻く空間はワームホールだったのかもしれない。簡単に言うと、光より速い空間の抜け道みたいなものなんだけど」

「ほぅ」

「ここは3次元で、4次元世界に住むものは3次元までの空間をコントロールできて、5次元からは、4次元までの空間と時間もコントロールできるからタイムトラベルが可能になる。けど、上の次元からは下の次元を見ることができても3次元世界から4次元世界を見ることはできないからわからない」

「で、旦那さんと悠斗さんにはどうやって会いに行けるかは書いてない？」

健太郎君はぶつぶつ言って、頭をガーッてかいて、「もっと勉強しとけばよかった」って言った。右に同じくです。

「強いて言えば、パラレルワールドなんだけど、あ、またまた簡単に言うけど、パラレルワールドは並行世界で、無数に存在していて、この宇宙には無数の自分が存在しているってこと」

結局アクセスの仕方はわからないということなのね。

もう薄暗くなってきた。

美しい茜色の空が哀愁を漂わせているのをボーっと見ながら、やっと少し理解した。

「健太郎君と涼輔君と一緒にここにいる私と、旦那さんと悠斗さんと一緒にいる私もいるんだ。他にもいっぱいいる私は、認識できている別宇宙のもう1つの私を生きているということ。人の脳は膨大で、限られた思考のせいで3分の1しか使われていないということは知ってるんやん。限界を作らず脳をフル稼働させて波動を上げて、2人の私を認識できればたやすく体感することができるんじゃないか？と思う」

と言った。

「おー、すげー珊瑚さん」

健太郎君は一緒にいようかって言ってくれたけど、大丈夫って言って帰ってもらった。またメールするからと言って頭をヨシヨシしてくれた。

それに私は「6日で1歳」のメモと指輪のことを考えてた。

引っ越してきたのが5月やったやろ？　スマホを見て、今は9月。5ケ月を30日として6で割ったら？　52歳やで、今の私は25歳くらい？　急いで指輪を外して金庫の中に入れておいた。確かに脱皮して若返った。

望みは叶ったな。辛かったけど……。

夜になって寂しさがどんどん増す。

クローゼットを開けて金庫の中に入って真っ暗闇からワームホールを探したけど見つからない。

手を合わせて、たぶんきっと父と思う人にお願いした。

「旦那さんと悠斗さんとのアクセスの仕方を教えてくれてありがとう」とあえて完了形で。

そして金庫を閉めて鏡を動かした。

ちょこちょこと健太郎君と涼輔君がメールをくれるから救われる。

久しぶりにベッドで眠った。

夜明け前、私を見下ろす光り輝くエネルギー体がいた。

超眩しい。
私の頭に手を触れた瞬間、思い出した。
あの光の次元での出来事を。
そして左目を使いなさいと教えてくれたことも。
前世の記憶も少し……。
これは、私の想念が起こした結果なのだ。
でも、せっかく与えてもらえたこの一瞬一瞬を大切に生きよう。
私を愛で満たそう。
私は自分の命をこんなにも愛おしいと思ったことはなかった。
私を愛してくれる人にこんな悲しみを与えているんだ。
まだ間に合うのなら生きようか。

健太郎君と涼輔君は「おはよう」から始まって、毎日ラインをくれる。

そして、時間ができると「今暇？　会える？」って誘ってくれる。

なんでこんなにしてくれるのか私には不可思議だったが、夢のようにうれしくて毎日が、一瞬一瞬が宝物で、愛おしくて仕方なかった。

旦那さんと悠斗さんには申し訳ないけど、私は恋をしている。

30歳の年の差。その前に私は結婚してんじゃん、ダメじゃん、浮気になっちゃうじゃん。でも、もう死ぬし、いいか？　いや、ダメか。

プラトニックだから心に潜めておくだけだし、問題ないか？

相手は私の気持ちを知ってるわけじゃないし。

それに、ここは違う時空だし。

家に1人でいると、時折残像のように旦那さんと悠斗さんがいるのが見えるような気がする。

でも悠斗さんを抱きしめることができない。せつなくて胸が苦しい。涙が出る。

私はなるべく都内のペントハウスか涼輔君のところにいるようにした。

それに、そのほうが健太郎君に近いから会いやすい。

ペントハウスは何もない。

だから一緒にお買い物。

2人とも映画好きだから臨場感たっぷりの大きなテレビをまず選んで、それから乾燥機付き洗濯機。料理をする気はないけどめちゃ大きな冷蔵庫、大きなソファ、キングサイズのベッド。楽しかった。新婚さんに間違われて2人して笑った。

ペントハウスに来る時は何かしら荷物を持ってくる。帰る時に「あ、忘れ物。荷物は?」って聞くと、「あー置かせておいて」って言う。別にいいけど、なんでなんやろう?

ある日、ソファに座って2人で映画見てた。

めっちゃ2人して和んでて、何げに聞いてしまった。

「なんでそんなに優しくしてくれて、私のこと構ってくれるん？」

そうしたらガバッと改まって座り直し、こう言われた。

「あのー」

緊張してる？

「初めて珊瑚さんの笑顔を見た瞬間に、ヤバい、超好きって思った。あのー、珊瑚さんの家族のこととかあったから言えなくて、この際だから言う。毎日会いたくなるし、忙しくても、少しでもいいから会いたい」

「私の年、知ってるやろう？」

「うん。涼輔から聞いてる。僕、あんまりそういうの気にならない。それに珊瑚さん若いし」

まあ、確かに脱皮して若返ったからなあ。

私、キュンキュンしまくりです。大きな手、長い指、この手に包まれたいと思ってしまって健太郎君の手を握った。ヤバい、うれしすぎるのだ。壊れそうなものに触れるかのように、そっと、とても優しく抱きしめられて、

「この部屋のスペアキーが欲しい」

と言われた。

ど、ど、同棲ですか？

落ち着け私。冷静さを失ったらそこで負けが決まる。

私は健太郎君の顔をじっと見つめた。

何か思い出せそうなんだけど……。

健太郎君は無条件で私を受け入れて愛してくれていると感じる。

今だけかもしれないし、若いから他の女性を好きになる可能性も大いにある。

だから今だけがとても大事。

プラトニックな関係が私の心を癒やしてくれて、ちゃんと言葉で伝えてくれる。幸せな気持ちにさせてくれるから、たとえ今だけでもいいの。大切なの。それしか今は生きる術がない。

先の不安を抱くのはもうやめた。

沢山のスピリチュアル本にこう書かれている。

「思考は現実になる」は、私の思考はまだ生きるという選択をしているのだ。

その夜、私はずっと見えなくしていた左目を開けてから眠った。

再会

朝、目覚めたらそこは病院だった。

点滴の針が刺され、尿は管から出ていた。

ＩＣＵ。看護師さんがいたから、「あのー」って、かすれた声で呼んだらびっくりして、「わかりますか?」って聞かれた。

「はい」って答えたけど、何が? って思った。

慌てて先生を呼んでる。

「ご家族に連絡しますねっ」って言われてうなずいた。

先生は私に話しかけながらライトを目に当て、「右見て、左見て、上見て、下見て」って言うので、言われるがままに動かした。左目は閉じたままだけど。

脳のＭＲＩも撮って、「大丈夫でしょう」って言われた。

走って旦那さんと悠斗さんがやってきて、私の顔を覗き込んでいる。

悠斗さんが「珊瑚さん」って泣きながら抱きついてきた。

「珊瑚」って旦那さんも涙ぐんでた。

私は倒れたのだ。原因もわからず1ヶ月以上昏睡状態で、いろんな検査をした。

奇跡が起きたとしか言いようがないが、がんは治ってた。

原因はわからないけど脳は活発に働いていたと、先生が説明してくれた。

旦那さんはまだ50前なのに白髪だらけになってるやん。

「苦労かけたね」

「悠斗さん、ごめんね」

「ぷうちゃんは？」

「大丈夫。元気にしてる」

良かった。

んーと、ってことは、私はただ長い夢を見てたってオチなんかい？　って自分に突っ込みを入れたわ！

まぁ良かったわって思って、左手で息子を抱き、右手で旦那さんに触れようと手を伸ばしたら、その手は、綺麗な手やなあ。苦労をしてない、しわのない手や。

って私の手やん！

「なぁ、パパ、結婚指輪がない」

それは検査のために全部外さないといけなかったからだと言われて納得。右手をよく見たら、右手の薬指の一部が日焼けしてなくて白い！　夢ちゃうやん！

マジかっ。じゃあ、あっちの私が存在しとったってことや！

うろたえながら聞いた。

「ええっと、今は何年なん？」

「２０１９年」

「今、何月？」

「もうすぐ10月」

あっちの私も２０１９年だった。

「ここどこ？　東京に引っ越してきたやんなぁ？」

まくし立てるように聞いた。

同じ次元にいる私はもう体現することはできやへんのやろうか？

無意識下の私やったで、私の家族がいることに気がつかなかったんやな。

鏡が見たいって言って起き上がり立とうとしたけど力が入らない。

寝てたから筋力も落ちたんやな。

旦那さんに支えてもらいながら鏡を覗くと、やっぱり前のほうの髪は真っ白だけど、しわもほうれい線もたるみもない若い頃の私がいた。

あっちの私と同じや。やっぱり。

あっちの次元の私も、こっちの次元の私も、認識すれば同時に存在しているのだから、できるのだと言っていた。

落ち着け珊瑚。

冷静になって限界を作らず、今、旦那さんと悠斗さんを認識している。

あっちの私は1人かな？　寝てるの？　お願い、何か思考して！　お願い、私、目を開けて何かを見て！　なくしたら健太郎君に会えなくなる。

ドキドキして胸が苦しい。

苦しいから安定剤のエチゾラムがほしいって看護師さんにお願いして、薬をもらって飲んだ。

そして思い出した。左目を使いなさいと光るエネルギー体に言われたことを。
右目を閉じて左目を開けた。
その時、唇に何かが触れた。
見えたのはどアップの健太郎君の顔だった。
えー！　マジか！
その展開、私も体験したかったわ。
初めてのチュウやったのに。
キャー！　旦那さんと悠斗さんと一緒にいるのに、私は健太郎君と……。
パニックです。
それで？　それで？　好奇心が抑えきれません。
私は両目を開けて、どちらも認識しながら。
悠斗さんは「珊瑚さん、大好き」ってキスしてくるし、あーお願いだから私を落ち着かせて。混乱してまだついていけません。

あ、そうだ、冷静さを失ったらそこで負けが決まるんやったな。

私は深呼吸をした。

あー全てが愛おしい。

これはこれは、なんともおもしろい現象だ。

先生から、午前中にまた検査をして異常がなければ明日退院できるって言われて安心して、旦那さんと悠斗さんは夕方に帰って行った。

私は左目だけに集中して、健太郎君に向かって、

「えっとー、もしかしてー、かなっ？」

と言って首を傾げた。

「いや、あのー、うん、ごめん」

「ちゃんと、もう1回お願いします」

そう言って微笑んだ。
そして優しいキスをした。
柔らかい唇の感触がたまらなく愛おしい。
暗くて重い心の中が愛で満たされて溶けていくようだ。自然と涙が流れた。
なんでだろう？
何が違うんだろう？
心が震えるの。
あ、私知ってるわ。
覚えてる。
思い出した。
前世で私たち親子やったんや。健太郎君がお母さんで私は子供やったんや。
だからこんなに安らげて、受け入れられて、心に響くんだ。

だから涙が出るんだ。
これは魂の絆なんだ。
嗚咽が込み上げてきて、私は健太郎君にしがみついて大泣きした。
こんなに泣いたの久しぶり。
心に付けてた鎖を今やっと外せたんだね。
そして、ずっと泣きながら、むさぼるように健太郎君と愛し合った。
それからの私はいつも、何を思い、何を考えるか、意識して、高みへと昇っていく。
これはこれは、なんともおもしろい現象だ。
私は違う次元の2つの空間を意識的に脳で心で感じながら生きてる。
凄くおもしろいけど、慣れるまでは混乱することもしばしばあって、感情の起伏が激しいと両方に影響することがわかった。

まるで一卵性の双子のよう。泣いたり笑ったり怒ったり、どっちがどっちの記憶なのかわからなくなったりするし、脳はフル稼働だから疲れて寝てばかりいる時もある。

健太郎君のことも、涼輔君との時間も、大切だから失いたくない。

悠斗さんに、珊瑚さんは認知症呼ばわりされるけど、私的には笑えると思っていた。

私は今を生きてる。

終わり

珊瑚

2020年9月15日　初版第１刷発行

著　者　ハガ マユミ
発行者　瓜谷 綱延
発行所　株式会社文芸社
〒160-0022 東京都新宿区新宿１－10－１
電話 03-5369-3060（代表）
03-5369-2299（販売）

印刷所　株式会社フクイン

ISBN978-4-286-22007-9